KB204071

소망 마음속에 기르다

소망

마음속에 기르다

무언가를 바라는 마음이 돋아날 때면 언제든 책을 펼쳐
소망을 읽고 소망을 맡으세요.
어떤 향인지 구분하려 애쓰기보다
향 그대로를 느끼며 나의 소망을 알아차리고 기도합니다.

새로운 시작 앞에서 **마음을 소망으로** **채우고 싶을 때**	눈을 감고 책을 펼친다 우연의 힘을 믿으며 펼쳐진 면의 시를 읽는다 책에 코를 가까이 대고 향을 음미한다.
나의 소망이 **무엇이었는지** **아득하게만 느껴질 때**	천천히 책장을 넘기며 시를 읽고 또 읽는다 다정하게 날아드는 향을 음미한다 소망이라는 새싹이 돋아날 때까지 읽는다.

소망하는 일이
이루어지기를 바라는
마음이 간절할 때

P.154 '이루게 하여 주소서'에
바라고 원하는 소망을 적으며
향을 가까이 음미한다
나중에 향기만 맡아도 그 소망이 떠오르도록.

소중한 이와 함께
소망을
이야기하고 싶을 때

책을 펼쳐 내 마음을 표현한 시를 찾아본다
시를 정성스럽게 필사한다
필사한 시를 함께 읽으며 소망을 나눈다.

소망 마음속에 기르다

향기시집. 나태주 시
한서형 향

소망

마음속에 기르다

존경과행복

우리에게는
더더욱 소망이 필요합니다.

인간은 하루 한순간도 소망 없이 살아갈 수 없습니다. 소망이란 인간이 살아가는 데 가장 필요한 요소입니다. 밥이라면 밥이고 공기라면 공기이고 물이라면 물이라 할 수 있겠지요.

아닙니다. 그것들을 모두 합한 것이고 그 이상의 무엇일 수 있겠습니다. 정신적인 에너지, 영혼의 샘물이라고 하면 어떨까요? 더욱이 오늘날같이 우울하고 복잡하고 불안하기까지 한 세상을 살아가는 우리에게는 더더욱 소망이 필요합니다.

우리, 부디 소망을 잃지 마십시다. 어제보다는 오늘이 좋고 오늘보다는 내일이 좋으리라는 것을 결코 잊지 마십시다.

소망은 포기하지 않는 마음에서 출발합니다. 더러는 어렵고 고달픈 문제 앞에서 포기하고 싶은 유혹을 강하게 받습니다. 그래도 조금만, 조금만 참고 견디며 포기하지 않도록 마음을 다잡읍시다.

우리의 마음이 진정 이러할 때 한 줄의 문장이 요구된다면 이 시집에 들어 있는 시들이 당신 곁을 지켜줄 것입니다. 더구나 소망을 더욱 고즈넉이 갖도록 도와줄 향기까지 품고 있는 시집입니다. 이 시집의 문장과 향기와 함께 동행하면서 어렵고 힘든 인생길에 도움을 받으셨으면 합니다.

2025년, 신춘
나태주 씁니다.

매 순간
소망을 살고 피워내는 날들이기를

정원을 가꾸다 보면 예상치 못한 곳에서 피어난 꽃을 발견하기도 합니다. 그제야 그곳에 씨앗이 있었음을, 그 작은 생명이 자신만의 속도로 자라났음을 알게 되지요. 이루어진 후에야 비로소 알게 되는 소망처럼요. 어떤 소망은 우리가 바라던 모습보다 더욱 아름답게 피어나거든요.

내게는 '향기시집'이 바로 그런 꽃이었습니다. 향을 다루는 일을 삶으로 맞이하면서 '언젠가 향기 나는 책을 만들고 싶다.'는 소망이 마음 한편에 아지랑이처럼 피어올랐습니다. 그 소망은 나태주 시인을 만나 시와 향기가 어우러진 책, 상상조차 못 했던 '향기시집'이라는 경이로운 모양으로 꽃피웠습니다. 내 생애 가장 빛나는 축복입니다.

소망을 기르면 오늘이 더 행복하고 내일이 기대됩니다. 하지만 삶이 고단할 때는 작은 소망 하나 품기도 버겁지요. 그럴 때 이 책을 펼쳐 잠시나마 소망을 떠올려 보면 어떨까요?

따스한 시어들이 살아있음은 힘이 세다고, 일어나 꽃을 보고 흰 구름을 보며 마음속에 파아란 씨앗 하나 심어보라고 속삭입니다. 그리고 이 책이 머금은 향기가 응원을 보탭니다. 시를 읽고 향을 맡을 때마다 소망이 다시 떠오르기를, 그리하여 매 순간 소망을 살고 피워내는 날들이기를 바랍니다.

2025년 움트는 봄날
한서형 씁니다.

I 살아있음은 힘이 세다

다만 너는 그 풀밭 그 들판
사이로 난 길을 천천히
걸어가기만 하면 돼
의심하지 마라 걱정하지 마라
네가 가는 길 보이지 않는 또 다른
네가 함께 가 줄 것을 믿어라

「새해 아침의 당부」 중에서

오늘

오늘은 어떤 날?
내 생애 내가 앞으로
살아야 할 날
모든 날 가운데서도
첫날이자 새날

그러면 나는 오늘 어떤 사람?
그 새날과 첫날을 살아야 할
새 사람이고 첫 사람

그것은 내일도 모레도 그렇지
내일도 모레도 그날은
내 생애 남은 날 가운데
첫날이고 새날
나 또한 첫 사람이고 새 사람

어떠니?
그렇게 생각해보니 진저리 쳐지지 않니?
날마다 맞이하는 날이 소중하고
너 자신이 더욱 소중하지 않니?

그럼에도 불구하고

지금 사람들 너나없이
살기 힘들다, 지쳤다, 고달프다
심지어 화가 난다고까지 말을 한다

그렇지만 이 대목에서도
우리가 마땅히 기댈 말과
부탁할 마음은 '그럼에도 불구하고'

그럼에도 불구하고 우리는
밥을 먹어야 하고
잠을 자야 하고 일을 해야 하고

그럼에도 불구하고 우리는
아낌없이 사랑해야 하고
조금은 더 참아낼 줄 알아야 한다

무엇보다도 소망의 끈을
놓치지 말아야 한다
기다림의 까치발을 내리지 말아야 한다

그것이 날마다 아침이 오는 까닭이고
봄과 가을 사계절이 있는 까닭이고
어린 것들이 우리와 함께하는 이유이다.

예쁨은 힘이 세다

아, 저기 꽃이 피어 있구나
사람들은 그렇게 말은 하지만
아, 저기 꽃이 졌구나
그렇게 말을 하지는 않는다
그렇게 피어 있는 꽃은 힘이 세다
살아있음은 힘이 세다
예쁨은 더욱 힘이 세다.

월요일

반짝이는 일곱 날 가운데에서 하루
연둣빛 눈을 가진 첫날
창밖에 바람이 와서 문을 두드린다
할 말이 있어서 먼 데서부터 왔어요
꽃이 피어나기 시작했다니까요
들판에 초록 물감이 진하게 들어가고
강물도 새롭게 목소리 가다듬어 흐르기 시작했다니까요
샛노란 병아리를 사다가 마당에 풀어놓는 사람도 보았고
텃밭을 새롭게 일구는 많은 사람들을 보았어요
오면서 많은 말들을 잃어버렸나 봐요
반짝이는 일곱 날 가운데서도 하루
이만 일어나셔야 해요
지금은 밖으로 나오실 때예요
연둣빛 눈을 가진 첫날
바람이 창가에 찾아와 이야기하자고 조른다.

천천히 쉬어가면서

천천히 가자 쉬어가면서 가자
오늘 가야 할 곳까지 가지 못했다고
걱정하거나 안달할 일은 없다

가다가 멈추는 자리가
오늘 가야 할 자리다
쉬어야 할 자리다

바람 좋다 바람도 마시고
구름 좋다 구름도 마시고
내 앞에 참으로 좋은 사람이 있다

좋은 사람 마음속에 얼룩진
슬픔의 그늘 기쁨의 물결도 좀
들여다보면서 가자

높은 가지 낮은 가지
바람에 불려 나뭇잎들이 떨어져
발밑에 뒹군다, 어찌할 텐가?

날마다

날마다 날마다
이것이 마지막이다
우리의 마지막 만남이다
내 앞에 있는 네가
내가 보는 마지막 너이다
날마다 날마다
이것이 마지막 지구다
마지막 별이다
내일은 없다
내일을 기대하지 마라
내일엔 너도 없고
나도 없다
다만 오늘 이 순간뿐이다.

기념일

모름지기 하루하루를
기념일로 생각하며
살아갈 일이다
오늘은 모처럼
비가 오신 기념일
산의 나무와 풀들이 비를 맞고 신이 나서
새로이 숨을 쉬면서 손을 흔들며
내게 눈짓을 보내오지 않는가!
오늘은 비 온 기념으로 퇴근길에
나나 무수꾸리의 음반이나 하나 사고
영화나 그럴듯한 것으로 한 편 보아야겠다.

어린 벗에게

그렇게 너무 많이
안 예뻐도 된다

그렇게 꼭 잘하려고만
하지 않아도 된다

지금 모습 그대로 너는
충분히 예쁘고

가끔은 실수하고 서툴러도 너는
사랑스런 사람이란다

지금 그대로 너 자신을
아끼고 사랑해라

지금 모습 그대로 있어도
너는 가득하고 좋은 사람이란다.

새해 아침의 당부

올해도 잘 지내기 바란다
내가 날마다 너를 생각하고
하나님께 너를 위해 부탁하니
올해도 모든 일 잘될 거야

다만 너는 흐트러짐 없이
또박또박 걸어서 앞으로
앞으로 가기만 하면 돼
분명 네 앞에 푸른 풀밭이 열리고
드넓은 들판이 기다려 줄 거야

다만 너는 그 풀밭 그 들판
사이로 난 길을 천천히
걸어가기만 하면 돼
의심하지 마라 걱정하지 마라
네가 가는 길 보이지 않는 또 다른
네가 함께 가 줄 것을 믿어라.

그냥

어떻게 살았어?
그냥요

어떻게 살 거야?
그냥요

그냥 살기도
그냥 되는 것만은 아니다.

가볍게

모르는 것도 가볍게
처음 해보는 일도 가볍게
낯선 사람하고도 가볍게
낯선 곳을 찾을 때도 가볍게
익숙한 일은 더욱 가볍게
그렇게만 살 수 있다면
얼마나 좋았을까?

첫여름

오늘 거기는
어떠니?
너 오늘
어떠니?

흰 구름
하늘 높이 뜬
흰 구름 보며
빈다

우리
지구 여행
잘 마치고
떠나자

오늘 하루
너 부디
잘 살기를
오로지 너

너답게
너처럼
살기를
잘 살기를

흰 구름 보며
빈다

흰 구름 보며
부탁한다.

좋은 날 하자

오늘도 해가 떴으니
좋은 날 하자

오늘도 꽃이 피고
꽃 위로 바람이 지나고

그렇지, 새들도 울어주니
좋은 날 하자

더구나 멀리 네가 있으니
더욱 좋은 날 하자.

너무 잘하려고 애쓰지 마라

너, 너무 잘하려고 애쓰지 마라
오늘의 일은 오늘의 일로 충분했다
조금쯤 모자라거나 비뚤어진 구석이 있다면
내일 다시 하거나 내일
다시 고쳐서 하면 된다
조그마한 성공도 성공이다
그만큼에서 그치거나 만족하라는 말이 아니고
작은 성공을 슬퍼하거나
그것을 빌미 삼아 스스로를 나무라거나
힘들게 하지 말자는 말이다
나는 오늘도 많은 일들과 만났고
견딜 수 없는 일들까지 견뎠다
나름대로 최선을 다한 셈이다
그렇다면 나 자신을 오히려 칭찬해주고
보듬어 껴안아줄 일이다
오늘을 믿고 기대한 것처럼
내일을 또 믿고 기대해라
오늘의 일은 오늘의 일로 충분했다
너, 너무도 잘하려고 애쓰지 마라.

우울한 날

눈여겨 보아주지 않아도
꽃들은 예쁘게 핀다

칭찬해주지 않아도
꽃들은 착하게 산다

알아주지 않아도
꽃들은 사랑스럽게 어울린다

꽃들에게는, 하기는
달빛이 바람과 이슬이

오래된 친구이고
변하지 않는 이웃인지도 몰라

오늘 같은 날은 네가 나의
별이고 또 꽃이었음 좋겠다.

나의 소망

별일 아냐, 다만
목소리 듣고 싶어서
전화했어

별일 아냐, 다만
너 지금 뭐하고 있나
궁금해서 전화했어

목소리 들었으니 됐어
뭐하고 있나 알았으니 됐어
오늘도 하루 잘 있기 바래
잘 견디기 바래

운이 좋으면 다시 만나기 바래
다음에도 웃으며 만나기 바래
내 소망은 거기까지야.

1월 1일

화분에 물을 많이 주면 꽃이 시들고
사랑도 지치면 사람이 떠난다

말로는 그리하면서
억지를 부리고 고집을 세우고
뭐든 내 맘대로 해서
미안했다 네게 잘못했다

새해의 할 일은
너의 생각을 조금만 하는 것
너에게 말을 적게 하고
사랑 또한 줄이는 것

그리하여 너를 멀리 멀리
놓아 보내는 일
너에게 날개를 달아주는 일

잘 가라 잘 살아라
허공에 날려 보낸
풍선을 보면서 빈다.

하루의 소망

나 하루의 소망은 오로지
집을 나섰다가 다시 집으로 돌아오는 것
집에 돌아와 다시 우리집
감나무 밑에 서서 하늘을 보고
내 책상 앞에 앉아 책을 읽고 글을 쓰고
학교에 다녀온 집아이들
자잘한 이야기에 귀기울이고
지바람과 함께 알전등 아래
저녁밥상을 마주하는 것
나의 가족들 옆에 누워
평안히 잠드는 것

이 소망 주신 은혜
감사하나이다
이 기쁨 깨닫게 하신 은혜 더욱
감사하나이다.

그렇게 묻지 말라

그동안 무엇을 하며 살았느냐 묻지 말라
그것은 인생에 대한 모독이다
정이나 묻고 싶으면 어떻게 살았느냐 물어보라
더 나아가 무엇을, 어떻게 하며 살았느냐
그리 물으면 더욱 좋을 것이다

그동안 무엇을 보았느냐 들었느냐 묻지 말라
그것은 사람에 대한 절망이다
차라리 무엇을 느꼈느냐 물어보라
그러면 세상이 좋았는지 슬펐는지 대답이 나올 것이다.

인생 목표

오늘날 내 인생의
구체적 목표는
욕 안 얻어먹기와
밥 안 얻어먹기

젊어서는
구름 보며 눈물 글썽이기
햇빛 따라 길 떠나기였는데
이렇게 많이 달라졌다.

목백합나무

하늘로, 하늘로 활활
타오르는 초록의 불길
흰 구름의 속살을 만지고 싶어
별들의 속삭임을 엿듣고 싶어
발돋움한 아이

스위스에 가보고 싶었다
가보지 못했다
이탈리아에 가보고 싶었다
가보지 못했다
스페인에도 가보고 싶었다
겨우 가보았다

가보고 싶었지만
끝내 가보지 못한 마음들이
다시 여름을 만나 키를 높이고 있다
열여섯 어린 날의 꿈.

희망

날이 개면 시장에 가리라
새로 산 자전거를 타고
힘들여 페달을 비비며

될수록 소로길을 찾아서
개울길을 따라서
흐드러진 코스모스 꽃들
새로 피어나는 과꽃들 보며 가야지

아는 사람을 만나면 자전거에서 내려
악수를 청하며 인사를 할 것이다
기분이 좋아지면 휘파람이라도 불 것이다

어느 집 담장 위엔가
넝쿨콩도 올라와 열렸네
석류도 바깥세상이 궁금한지
고개 내밀고 얼굴 붉혔네

시장에 가서는
아내가 부탁한 반찬거리를 사리라
생선도 사고 채소도 사 가지고 오리라.

가을 하늘

나도 누군가의
친구이고 싶다

그런 말이 때로
세상을 아름답게
물들인다.

소망

가을은 하늘을 우러러
보아야 하는 시절

거기 네가 있었음 좋겠다

맑은 웃음 머금은
네가 있었음 좋겠다.

가을 입구

슬픔은 사람을 마르게 하고
근심은 사람을 늙게 만든다

뜨락에 익어가는 꽃씨조차
슬픔이 되고

처마 끝 어른대는 흰 구름조차
근심이 되는 날

안기고 싶어 안달하는 아이야
어린 사랑아

내가 결코 너에게 슬픔이 되고
근심이 되지 않기를 바랄 뿐이다.

이 가을엔

조금은 손해 보는 삶을
생각해 보리라 이 가을엔
다른 사람들이 나에게 잘못한 일보다는
내가 다른 사람에게 잘못한 일이 없었나
다른 사람 마음 아프게 해 준 일은 없었나
조금은 천천히 걸으며 숨쉬며
뒤돌아보리라 이 가을엔
지난 여름 나의 편협 나의 아집
나의 성급함과 나의 속단
장롱 속에 눅진 옷가지들을 꺼내어
햇볕에 말리우듯
그것들을 꺼내어 말리우리라
이 가을엔.

소망

괜찮아
그래도 괜찮아

사는 일이 별로
괜찮지 않을 때.

객지

봄은 남쪽에서 먼저 오고
가을은 북쪽에서 먼저 온다지요
이런 작은 일
오래전부터 알고 있었던 사실
그 하나만으로도 문득 소스라쳐 놀라고
눈물이 번지는 아침
살아보자, 그래
오늘도 잘 살아보자
말은 그렇게 한다지요.

가을 고백

가을입니다
버리지 못할 것을
버리게 하여 주옵소서

가을입니다
잊지 못할 일을
잊게 하여 주옵시고

용서하지 못할 것들을
용서하게 하여 주시고
끝내 울게 하여 주소서

가을입니다
다시금 잠들게 하시고
새롭게 꿈꾸게 하소서.

너를 두고

저녁나절에 생각한다
오늘도 무사히 일을 마치고
집으로 돌아가니 얼마나 좋은가
저녁에 집으로 돌아가
몸을 씻고 잠을 잘 수 있으니
얼마나 더 좋은가

더구나 멀리 있는 너
아무 소식도 없는 걸로 보아
아무 일도 없는 것 같으니
그 또한 얼마나 감사한 일인가
내일도 너 아무 일도 없기를!

나는 또 내일 어디로인가
새로운 세상 속으로
다시금 떠날 수 있기를
소망해본다.

12월

더는 물러설 자리가 없네

지금은 쥐었던 주먹을
풀어야만 할 때,

너도 부디 너 자신을
용서해 주기 바란다.

먼 길

함께 가자
먼 길

너와 함께라면
멀어도 가깝고

아름답지 않아도
아름다운 길

나도 그 길 위에서
나무가 되고

너를 위해 착한
바람이 되고 싶다.

첫눈

눈도
나무 위에 내리면 꽃이 되고
길바닥에 내리면 쓰레기가 된다

오늘 아침 나는
어디에 내린 눈이
되고 싶은 거냐?

의자

그냥 좀
앉아 있고 싶다

줄 위에 앉은
비둘기처럼

그냥 잠시
쉬었다 가고 싶다.

햇빛 밝아

나 쉽게 못 죽겠어
이렇게 좋은 사람들 두고

나 일찍 못 뜨겠어
이렇게 좋은 풍경을 두고

또다시 창밖에 바람이 부는지
새하얀 망초꽃 더욱 새하얗고

버드나무 실가지 긴 치맛자락
바람한테 춤을 청한다.

소망

오늘도 하던 일 마치지
못하고 잠이 든다
아니다 오늘도 하고 싶었던 일
다 하지 못하고 잠이 든다

이다음 나 세상 떠나는 그날에도
세상에서 하고 싶었던 일
다 하지 못하는 섭섭함에
뒤돌아보며 뒤돌아보며
눈을 감게 될까?

하기는 오늘 다 하지 못하고
잠드는 일, 그것이
내일 나의 소망이 되고
내가 세상에서 다 하지 못하고
남기는 그 일이 또한
다른 사람의 소망이 됨을
나는 결코 모르지 않는다.

실패한 당신을 위하여

화가 나시나요
오늘 하루 실패한 것 같아
자기 자신에게 화가 나시나요
그럴 수도 있지요
때로는 자기 자신이 밉고
싫어질 때도 있지요
그렇지만 너무 많이는
그러지 마시길 바라요
자기 자신을 미워하더라도
끝까지는 미워하지 마시길 바라요
생각해보면 모두가 다
당신 탓만은 아니에요
세상일이란 인간의 일이란
그 무엇 하나도 저절로
저 혼자만의 힘으로는
되지 않는다는 걸
당신도 잘 아시잖아요
여러 가지 일들이 서로 만나고
엉켜서 그리된 거예요
실패한 날 화가 나더라도
내일까지는 아니에요
밤으로 쳐서 열두 시까지만
그렇게 하시길 바라요
내일은 새로운 날 새로 태어나는 날

내일은 당신도 새로운 사람이고
새로 태어나는 사람이에요
부디 그걸 잊지 마시길 바라요
내일 우리 웃는 얼굴로 만나요.

다시 또 물었다

내일의 계획이 어떠냐고 물었다.
오늘이 이대로 라고 말했다

더 구체적으로
무어냐고 물었다
이 세상 첫날처럼 살고
이 세상 마지막 날처럼
죽는 것이 소원이라고 말했다

다시 또 물었다
내일은 나도
모를 일이라고 말했다.

잊지 말아라

다만 지금 누군가 너를
생각하는 사람이 있다고 생각해보아라
세상 살맛이 조금씩 돌아올 것이다

다만 지금 누군가 너를 위해
기도하는 사람이 있다고 생각해보아라
세상이 좀 더 따스하게 느껴질 것이다

다만 지금 누군가 너를 위해
울고 있는 사람이 있다고 생각해보아라
세상이 갑자기 눈부신 세상으로 바뀔 것이다

어쩌면 너도 누군가를 위해
기도하는 사람이 되고
함께 울어주고 싶은 사람이
될지도 모를 일이다.

연약함도 때로는 힘입니다

엊저녁 거친 비바람에
우리 집 두어 평짜리 꽃밭이 그만
망가져 버렸습니다
봄부터 딸아이가 정성스레
심어 가꾼 봉숭아며 분꽃 몇 그루
하도 아까운 마음이 들어
다가가 보니 꽃나무들은
아주 망가져 버린 것이 아니라
나름대로 꾀를 부려 비바람을
피하고 있었습니다
약한 줄기와 뿌리를 드러내고 옆으로 누임으로
살아남을 궁리들을 하고 있었습니다
옆으로 누운 꽃나무들을 일으켜 세우며
나는 알았습니다
연약함도 때로는
크나큰 힘이 될 수 있다는 것을
그대 생각하는 나의 여린 마음 또한
크나큰 힘이 될 수 있다는 것을.

II 이런 상상 이런 꿈

오늘부터 나는
너를 위해 기도할 거야
네가 바라고 꿈꾸는 것을
이룰 수 있도록
그날이 올 때까지
기도하는 사람이 될 거야

「응원」 중에서

너는 별이다

남을 따라서 살 일이 아니다
네 가슴에 별 하나
숨기고서 살아라
끝내 그 별 놓치지 마라
네가 별이 되어라.

바라건대

네가 바라보는 흰 구름
너를 닮아서 예쁘고

네가 바라보는 나무들
너를 닮아서 싱싱하다

너를 바라보는 나

너를 닮아서 나도 또한
씩씩하기를 원한다.

그것을 믿어야 한다

별은 아슬하고 멀어서
가질 수 없고
가까이 갈 수도 없다

그렇다고 별이 없다고
말하거나 별이
소용없는 것이라
말해선 안 된다

가슴속에 별이 있는 사람과
별이 없는 사람은 전혀 다르다

적어도 가슴속에 별 하나 숨기고
그 별의 안내를 받으며
살아가는 사람의 삶은
달라도 무언가 많이 다르다

가슴속의 별을 따라가면서
살다 보면 언젠가는
그 자신 별이 되는 순간이 끝내
오고야 말 것이다

그것을 믿어야 한다
하늘이 흐리다 해서
별이 없다고 우겨서는
안 되는 일이다.

이른봄

나뭇가지에

둑길에

강물 위에

하늘, 구름 위에

수채화 물감으로

번지는

햇살

방글방글

배추 속배기로

웃는 아가

웃음

밝은 나라로

더 밝은 나라로.

사랑을 보낸다

그래 좋아
거기서 너 좋아라
좋은 바람과 놀고
좋은 햇빛과 놀고
나무가 있다면 그 또한,
좋은 나무
좋은 나무 그늘 아래
너도 좋은 나무 되어
나무처럼 푸르게 싱싱하게
숨 쉬며 살아라
네가 좋아하는 사람들과 어울려
예쁘게 살아라
그게 내 사랑이란다.

난초

망설이면서 조심조심
잎을 내민다.

두리번거리면서 가만가만
꽃을 피운다.

내밀어 보았자
풀잎,

피워 보았자
풀꽃,

그러나
그는

겨울에도 홀로 숨쉬고
눈속에서도 홀로 향그럽다.

응원

오늘부터 나는
너를 위해 기도할 거야
네가 바라고 꿈꾸는 것을
이룰 수 있도록
그날이 올 때까지
기도하는 사람이 될 거야

함께 가자
지치지 말고 가자
먼 길도 가깝게 가자
끝까지 가 보자

그 길 끝에서
웃으면서 우리 만나자
악수를 하자
악수하며 하늘을
올려다보자.

새봄의 어법

새봄에는 반말을
하지 맙시다

나이 어린 사람에게도
안녕하신가?
만나서 참 반가우이
부드럽고 정겨운 말을 건넵시다

새봄에는 찡그린 얼굴을
하지 맙시다

조금 섭한 일 있던 사람에게도
그동안 별고 없으셨나요?
요즘은 어떻게 지내시는지요?
따뜻한 손 내밀어 마주 잡읍시다.

부부 약속

사람의 가장 큰 소망은
건강하게 오래 사는 것
건강하게 오래 사는 데
필요한 것은 기쁨
나는 이제부터 당신의
기쁨이 되겠습니다
당신도 내 기쁨의
이웃이 되어주십시오.

안녕 안녕

이땅 위에
별볼일이 없어
하늘의 별을 보네
사람들이여
산이여 들이여 바다여
안녕 안녕
그대 왔다가
나 없거든
내 대신 하늘의
별이나 바라보아 주오.

얘들아 반갑다

아침마다 문을 조금씩 열어놓는다
혹시나 유리창에 가려 방안으로
들어오지 못하는 수줍은 햇빛들도 들어오게 하고
바람이며 새소리도 조금 들어오게 하기 위해서다

바람을 따라 먼지 같은 것도
덤으로 들어온단들 어떠랴!
들어와 나랑 함께 잠시 놀다가 다시
밖으로 나가면 될 일이 아니겠나?

현관 쪽으로 난 문도 삥긋이 조금 열어놓는다
아이들 떠드는 소리 아이들 후당탕거리며
지나가는 발자국 소리들도 조금 들어와
내 마음속에 잠시 머물러 놀다 가기를
바라는 마음에서다

얘들아, 반갑다
다 반갑다.

별 한 점

밤하늘에
별 한 점

흐린 하늘을 열고
어렵사리 나와
눈맞추는 별 한 점

어디 사는 누굴까?

나를 생각하는 그의 마음과
그의 기도가 모여
별이 되었다

나의 마음과
나의 기도와 만나 더욱
빛나는 별이 되었다

밤하늘에
눈물 머금은
별 한 점.

쾌청

참 맑은 하늘
그리고 파랑

멀리 너의 드높은
까투리 웃음소리라도
들릴 듯…….

소망

받고 싶은 마음보다
주고 싶은 마음이 좋은 마음이다

주고 나서 이내 잊어버리고
무엇을 또 주어야 하나
찾는 마음이 좋은 마음이다

꽃을 보고서도 저것을 가져다
주었으면 하고
구름을 만나서도 저것을 데려다
주었으면 하는

그 마음 뒤에 웃고 있는 네가
있음을 나는 모르지 않는다

언제까지고 거기 너 그렇게
웃고만 있거라
예뻐 있거라.

그림

풀을 뜯고 있는 소 옆에서
백로 몇 마리 날아와 앉는다
아주 무서움도 주저함도 없이 앉는다
소는 그러한 백로들을 본체만체
여전히 풀잎만을 뜯는다
어쩌면 저토록 잘 어울릴 수 있을까
사람들도 저들처럼
잘 어울리며 살 수는 없을까
무심히 바라본 어느날의 풀밭
그것은 또 하나의 그림.

풍선 마음

젊고 예쁜 아이를 만나면
네가 보고 싶어진다
웃는 아이
사랑스런 아이를 보면
더욱 네가 보고 싶어진다
그 마음 풍선 되어
나무 끝까지
하늘 끝까지 간다
높이높이 떠서 흐른다
그런 소망 하나로
오늘도 나는 산다
나를 견딘다.

어린아이로

어린아이로 남아 있고 싶다
나이를 먹는 것과는 무관하게
어린아이로 남아 있고 싶다
어린아이의 철없음
어린아이의 설레임
어린아이의 투정
어린아이의 슬픔과 기쁨
그리고 놀라움
끝끝내 그것으로 세상을 보고 싶다
끝끝내 그것으로 세상을 건너가고 싶다
있는 대로 보고 들을 수 있고
듣고 본 대로 느낄 수 있는
그리고 말할 수 있는
어린아이의 가슴과 귀와 눈과
입술이고 싶다.

새봄의 전갈

거기 봄은 어떠니?
어느새 꿈결처럼
복수초 수선화 피고
살구꽃 앵두꽃 지천으로
피었다 지고
벚꽃 한창 보기 좋더니만
하룻밤 사이 찬비 내려
후루룩 눈처럼 지고
이제는 썰렁한 하늘
겨우겨우 수수꽃다리
연보랏빛 물방울 몽올몽올
피워 올리듯 매달고
검은 비구름 하늘 받들고 있단다
봄이 와도 꽃 옆에 마주
서 있어 보지도 못하는 우리!
그래, 너는 그곳에서
너의 봄 너의 꽃 너의 푸르름
잘 지키며 잘 지내렴
이것이 새봄의 전갈이란다.

하늘 눈빛

두 손을 놓고 나면
흰 구름도 볼 만하고
은사시나무, 바람에
몸을 비트는 은사시나무도
봐 줄 만하다

어, 아직도 그 주소에서
살고 있군요
나도 그렁저렁 밥술이나
벌어먹고 지냅니다

햇파 냄새 햇마늘 냄새도
조금 번지면서 연보라 빛
눈물도 찔끔 흘리면서
어디선 듯 내게 말을
걸어보고 싶어하는 사람이 있다.

기도한다

예쁨보다는 귀여움
귀여움보다는 부드러움

다시금
부드러움보다는 따스함

너의 부드러움을 위하여
너의 귀여움을 위하여

끝내 너의
예쁨을 위하여.

약속

살아남고 보자
어쨌든 살아남고 보자
구름이 하는 말을
나무가 대답한다

견디고 보자
어쨌든 오래 생각해 보자
별들이 속삭인 말을
누군가 엿듣는다

어디선지 모르지만 그것은
언제나 너
그리고 나.

소망

많은 것을 알기를
꿈꾸지 않는다

다만 지금, 여기
내 앞에서 웃고 있는 너

그것이 내가 아는 세상의
전부이기를 바란다.

좋은 사람 하나면

일생을 돌이켜 보면 몇 사람
참으로 정답고 아름다운 이름
내게 있었네
그 가운데서도 첫 번째 이름은
그대

그대 이름 가슴에
품고 살던 날들이 따스하고
가득하고 정답고 좋았네
꿈결 같았네

그대 이름 하나 생각하면
차가운 겨울날인데도
가슴이 저절로 따뜻해지네
문득 꽃이라도 피어난 듯
설레네

좋은 사람 하나면
겨울도 봄이란 말이
결코 허언이 아니네

오래 거기 평안하소서
그대 위해, 또 나를 위해서.

한 소망

어디서 많이 들어본 말을 빌려
소망한다
저가 나에게 필요한
사람이기보다는
내가 저에게 필요한
사람이게 하소서
이 세상 끝 날까지
기린과 너구리와 뱁새와
생쥐와 함께.

이런 꿈

있잖아, 왜
이런 상상 이런 꿈

하늘로 올라가 서성이는 나의 마음이
역시나 하늘로 올라와 서성이는
너의 마음을 만나게 된다면
그곳 허공에 별이 하나 생긴다는 것!

멀리까지 가서 기다리는 나의 기도가
역시나 멀리까지 따라와 손을 잡는
너의 기도와 만나게 된다면
그곳 빈터에 꽃이 한 송이 피어난다는 것!

이런 소망 이런 꿈이
나를 오래 살아서 숨 쉬게 한다.

새해 인사

글쎄, 해님과 달님을 삼백예순다섯 개나
공짜로 받았지 뭡니까
그 위에 수없이 많은 별빛과 새소리와 구름과
그리고
꽃과 물소리와 바람과 풀벌레 소리들을
덤으로 받았지 뭡니까

이제, 또다시 삼백예순다섯 개의
새로운 해님과 달님을 공짜로 받을 차례입니다
그 위에 얼마나 더 많은 좋은 것들을 덤으로
받을지 모르는 일입니다

그렇게 잘 살면 되는 일입니다
그 위에 더 무엇을 바라시겠습니까?

희망

미루나무 세 그루,
까치집 하나,
마른풀을 씹으며 겨울을 나는
검정염소 몇 마리,
팔짱을 끼니 나도
가슴이 따뜻해진다.

그 자리에

사는 게 꿈이지
그래 꿈이야
꿈이래도 잘 살아야지
그래 잘 살아야지

앞에 앉아서
웃고 있는 너도 꿈이야
그래 꿈이라도
너는 예뻐야지

오래오래 그 자리서
예뻐야지.

꿈

밤톨만 한 꿈이 아니다
분꽃 씨앗도 크지
봉숭아꽃 씨앗이거나 채송화 씨앗 크기만 한
꿈이라도 있거든 가슴에 부둥켜안고
평생을 아끼며 살아갈 일이다
끝내는 그 꿈이 많은 사람들 가슴으로 옮겨가서
봉숭아꽃이 되고 채송화꽃이 되어
예쁘게 예쁘게 피어날 날을 기다리며 살아야 할 일이다
꿈이 이루어지고 안 이루어지고는
우리가 상관할 일이 아니다
누군가 커다란 손의 임자가 때가 되면
그 꿈을 차례로 이루어주실 테니까 말이다.

별

어쩔 수 없어 별이지요
나무로도 풀로도 산이나 강물같이
땅에 있는 것들 가지고서는 아무래도 안 되어서
하늘을 찾고 별을 찾지요

별님아, 안녕!
사랑하는 이에게 나 여기
잘 지내고 있노라고 오늘도 하루
그 사람 생각만으로 하루해가 저물었다고
말해주렴

그러나 오늘밤도 하늘은 흐리고
별빛은 더욱 멀어요
마음 어둡고 답답하고 안타까울 뿐

보이지 않는 별을 향해
다시 한번 손 내밀어 보다가 돌아서서
마음속 등불 하나 심지를
밝혀봅니다

별님아, 안녕!

좋은 길

하늘에는
좋은 길을 가는 별이 있다
제가 가야 할 길이
어떤 길인지 아는 별,
빛의 길이다

땅 위에도
좋은 길을 가는 사람이 있다
제가 살아야 할 삶이
어떤 삶인지 아는 사람,
초록의 길이다

아, 나도 오늘 좋은 길을
가고 싶다
빛의 길
초록의 길을 가고 싶다.

여행에의 소망

그곳이 그리운 것이 아니라
그곳에 있는 네가 그리운 것이다

그곳이 보고 싶은 것이 아니라
그곳에 있는 네가 보고 싶은 것이다

너는 하나의 장소이고 시간
빛으로도 도달할 수 없는 나라

네가 있는 그곳이 아름답다
네가 있는 그곳에 가고 싶다

네가 있는 그곳에 가서 나도
그곳과 하나가 되고 싶다.

C

어려서부터 나는 먼 나라 유럽이 그리웠고
낯선 땅 사막이 궁금했다
자라서 유럽과 사막을 찾았을 때
정작 그곳엔 내가 그리워하고 궁금해 했던
유럽과 사막은 이미 없었다
그렇다면 나의 유럽과 사막은 사라진 걸까?
아니다
여전히 훼손되지 않은 채
이쪽과 저쪽 허공 어딘가에 남아 있을 것이다
B도 A도 아닌 C
그것을 오늘 나는 꿈이라 부르고 사랑이라 부르고
희망이라 부르고 또 시라고 말한다.

안개가 짙은들

안개가 짙은들 산까지 지울 수야.

어둠이 짙은들 오는 아침까지 막을 수야.

안개와 어둠 속을 꿰뚫는 물소리, 새소리,

비바람 설친들 피는 꽃까지 막을 수야.

바람에게 부치는 말 1

바람은 보이지 않는 손
그리고 보이지 않는 팔뚝

나뭇잎을 바람이 흔들어줄 때
거기 바람의 예쁜 손이 있음을 안다

나뭇가지에 바람이 스쳐갈 때
거기 바람의 싱싱한 팔뚝이 있음을 본다

바람아 나를 흔들어 다오
나도 예쁜 나뭇잎처럼
예쁜 하나의 손이 되고 싶다

바람아 나를 스쳐 가다오
나도 푸르른 나뭇가지처럼
싱싱한 하나의 팔뚝이 되고 싶다.

오직 너는

많은 사람 아니다
많은 사람 가운데
오직 너는 한 사람
우주 가운데서도
빛나는 하나의 별
꽃밭 가운데서도
하나뿐인 너의 꽃
너 자신을 살아라
너 자신을 빛내라.

가을이 오기도 전에

가을이 오기도 전에 가을을 맞고 싶다
여름이 가기도 전에 가을을 노래하고 싶다

지루한 장마와 땡볕을 견딘 자만이
잘 익은 가을을 맞이하게 되는 것,

이 나라에도 가을이 분명 오고 있다는 사실은
그것 하나만으로도 얼마나 아름다운 전설인가

마알갛게 비인 한 개의 유리잔같이 가슴을 비우고
알전등에 이마를 데우고 싶다

당신 하나만을 생각하며
동그마니 앉아있는 한낮이고 싶다

소매부리 치운 아침
식어가는 당신의 손길을 못내 아쉬워 우는 바람이고 싶다.

가을 엽서 5

보다 큰 것을 버리며
버리며 살리라

작은 것이라도 베풀며
베풀며 살리라

그러나 아직도 나는
버리기보다는 얻기에 힘쓰고

베풀기보다는 받기를 바라는
철부지

가을이시여
나도 한번쯤
철이 들게 하소서.

들 밖의 길

한 사람이

걷고 걸어서

들판에 가늘은

길이 하나 생기고

그 길을 따라 새소리며

앉은뱅이꽃 냉이풀꽃서껀

무릎걸음으로 다가와 앉고

이슬의 깃발을 든 각시풀들도

마중 나오고

날 저물어 밤이 오면

하늘의 달님이며

별들도 내려와 그 길을

비춘다.

소망

하루 해도 저물어
춥고 배고프고 다리마저 저린
어스름녘

기웃기웃 골목길 안에서 손짓하는
흐릿한 여인숙의 불빛이여
그 옆에 환한 음식점의 간판, 불빛이여

불빛 아래로만 눈발은 날리고 있었지
꿀벌통에 꿀벌들 닝닝거리듯
날리는 눈발 속으로 속으로

세상의 모든 소리들은
빨려들고 있었지, 죽어가고 있었지
졸리운 눈 부비며 부비며

그때 나에게 무슨 소망이 있었던가?
배부르게 밥 먹고 잠자고 싶은 소망 그밖에
무슨 바램이 더 있을 수 있었던가? 묻고 싶다.

III 하늘빛 상상력

무엇을 걱정하며 무엇을 슬퍼하며
무엇을 주저하느냐
기쁨의 강물 위에 너의 마음을 맡겨라
소망의 강물 위에 너의 마음을 맡겨라

「기도 시간」 중에서

축복

너 지금 어디 있니?
창가에 혼자
앉아 있는 거냐

혼자서 비 맞고 있는
꽃나무
꽃나무나 바라보고 있는 건
아닌지 몰라

어디에 있든
너 좋은 사람
널 사랑해주는 사람과
함께 있길 바란다.

인생을 묻는 소년에게

인생에서 중요한 것은
속도보다는 방향이다
방향이 잘못되고 속도만 빠를 때
그것은 오직 실패로 가는 빠른 길이다

일단 방향을 제대로 정하고
천천히 뚜벅뚜벅 소걸음으로 걸어서
나아갈 일이다
마음속에 굳은 신념을 지니고
천천히 천천히 앞으로 나아갈 일이다

그러다 보면 언젠가는
그대가 원하는 그대의 모습이
그대가 가는 길 앞에 나타나
웃는 얼굴로 그대를 맞아줄 것이다
그야말로 그것은 시간문제다

그런데 사람들은 흔히
방향을 잘못 정하고
속도를 빠르게 하거나
방향을 제대로 잡고서도
가는 길이 못 미더워 지레
그 방향을 바꾸려 한다

소년이여 인생에서
속도보다는 방향이다

제대로 된 방향을 믿고
천천히 천천히 네 앞길을 열라
안개 자욱한 들판이
조금씩 밝아옴을 그대는 볼 것이다.

새해의 소망

새해에 새날에도
받는 사람이기보다는
주는 사람이기를 바랍니다

새해 새날에도
찡그린 얼굴이기보다는
웃는 얼굴이기를 소망합니다

내 앞에 있는 당신
내가 사랑하는 당신
당신이 사랑하는 사람인 나

새해 새날에도
오래오래 내 앞에서 당신
웃고 있기를 기도합니다.

나의 시에게

한때 나를 살렸던
누군가의 시들처럼

나의 시여, 지금
다른 사람에게로 가서

그 사람도
살려주기를 바란다.

간절한 마음

여섯이나 되는 아이들
낳으러 방으로 들어갈 때마다
섬돌 위에 벗어놓은 신발
다시 신을 수 있을까
생각했다는 어머니

죽을병 걸려 급히
병원으로 가면서
아파트 문을 나설 때
이 집에 다시 올 수 있을까
의심했던 나

그렇다면, 그렇다면 말이다
날마다 하루하루가 그대로 축제 날이고
순간순간은 더할 수 없이 귀한
금싸라기 시간들인 것이다
그대로 진리, 삶의 진실을 따름인 것이다.

삶의 목표

날마다
이 세상 첫날처럼 마지막 날처럼

날마다
욕 안 얻어먹기와 밥 안 얻어먹기

날마다
요구하지 않기와 거절하지 않기

말로는 쉬운데
지키기는 참 어려운 일들이다.

기도 시간

노래의 강물 위에 너의 마음을 띄워라
노래의 강물 위에 너의 마음을 띄워라
무엇을 걱정하며 무엇을 슬퍼하며
무엇을 주저하느냐
기쁨의 강물 위에 너의 마음을 맡겨라
소망의 강물 위에 너의 마음을 맡겨라.

시를 위한 기도

지친 사람에게 위로를
앓는 사람에게 치유를
시든 사람에게 소생을
나의 시가 선물할 수만 있다면

우울한 사람에게 명랑을
실망한 사람에게 소망을
화난 사람에게 평안을
정말로 나의 시가 대신할 수만 있다면

하느님 하나님
얼마나 좋을까요!

내일의 소망

아파도 참아
아파도 조금만 참아줘
조금만 참으면 분명
좋아질 거야

힘들어도 기다려
힘들어도 조금만 기다려줘
조금만 기다리면 분명
좋아질 거야

좋아지면
잘 참아준 너 자신이
고마울 거야
끝까지 기다려준 너 자신이
대견해질 거야

그래서 웃게 될 거야
웃고 있는 너를 보고 싶어
그것이 내가 내일을 발돋움하는
조그만 소망이란다.

성공

나는 지금도 가고 있는 중이야
나는 지금도 두리번거리고 있는 중이야
내가 모르는 곳
내가 모르는 사람들 찾아서
지금도 가고 있는 중이야
다만 아는 건 누군가가 나를
기다리고 있다는 것
그 사람이 좋은 사람이라는 것만 알아
나는 지금도 서 있는 중이야
나는 지금도 다리가 아픈 중이야
그래도 좋아 왜냐면
나는 지금 내가 만나고 싶은 나를
만나러 가는 길이니까 말이야.

자화상

어려서 어려서부터
먼곳이 그리웠고
멀리 있는 사람이 보고 싶었다
그리운 마음 보고 싶은 마음이 모여
가늘고도 긴 강물이 되었고
일생이 되었다

때로는 나무가 되고 싶었고
이름 모를 꽃이 되고 싶었고
하늘 위에 두둥실 구름이 되고 싶었다
그런 헛된 소망이 나를 키웠고
나를 이끌어 노인의 날에 이르게 했다

이제 내가 그리운 사람이 되고
보고 싶은 사람이 되고
더러는 나무가 되고 꽃이 되고
흰 구름이 좀 되어보고 싶은데
그런 소원이 잘 이루어질지
안 이루어질지는 나도 모르겠다.

나무

일 년에 한 차례씩
태양이 내려와
허물었다 다시 세우는

달빛과 별빛이
거들어 또다시
세웠다가 허무는

하늘의 신전
하늘의 사탑
비밀 궁전

바람의 노래가 되고
새들의 집이 되고
구름의 친구가 되는

나도 당신을 닮아
선하게 살다
돌아가게 해주세요

두 손 모아
경배드릴까 한다.

내일

이 세상은 결코 천국이 아니고
세상 사람들은 또 천사가 아니다
그렇지만 세상을 천국이라
여기고 살면 때로 세상이
천국이 되고
세상 사람들도 천사가 되는 게 아닐까?
내일은 너를 만나는 날
너를 만나는 그곳이 천국이 되고
네가 또 천사가 아닐까?
오늘부터 나는 천국을 살고
천사를 만난다.

아이에게

나의 세상 문 닫을 때
내 눈앞에 네 얼굴이
보였으면 좋겠어
네 얼굴 뒤로는 눈부신
별빛의 폭포
별빛 뒤로는 끝없는 들판
그리고는 기나긴 강물,
강물이 있었으면
더욱 좋겠어
이제는 더 생각하지 않아도 좋겠고
잊어도 좋고
눈을 감아도 좋으리.

부드럽게 둥글게

지나간 한 해 나는 얼마나 많은
잘못을 저질렀는지 반성해야 한다
무엇보다도 먼저 내가 쏟아놓은 독한 말들
글 쓰는 사람이니까 더욱이나 함부로 써 갈긴 글들
그 말과 글들로 해서 다른 사람들 얼마나
마음 상했을까 나는 미처 짐작을 못했던 것이다
술을 먹지 못하게 된 뒤에야 비로소
술 취한 사람의 패악悖惡을 알게 되듯이
나의 말과 글들의 패악도 그렇다
입으로는 만물을 고루 공경해야 한다 그랬으면서
정작 나는 고집불통이었고 독선 덩어리였다
칼날과 같이 빠르고 날카롭고
직선적이기만 했던 나의 말과 글들을 반성한다
반성하고 또 반성한다
그래서 새해부터는 둥그렇게 부드럽게
말부터 글부터 얼굴 표정이며 마음속 생각과
행동에 이르기까지 부드럽고 둥글게
다른 사람들 마음 아프게 하지 말아야지
차라리 내가 아파야지

그것이 새해의 원이다
새해 새 삶의 목표다.

가을 명령

가을 햇빛은 우리에게
명령한다
화해하라
내려놓으라
무엇보다도 먼저
겸허해지라

가을바람은 또 우리에게
명령한다
용서하라
부드러워지라
손잡고 그리고
멀리 떠나라.

화살기도

아직도 남아있는 아름다운 일들을
이루게 하여 주소서
아직도 만나야 할 좋은 사람들을
만나게 하여 주소서
아멘이라고 말할 때
네 얼굴이 떠올랐다
퍼뜩 놀라 그만 나는
눈을 뜨고 말았다.

길을 쓸면서

길을 쓸면서
마음도 함께 쓴다

이제는 누구도 이곳에 함부로
쓰레기를 버리지 못하겠지
담배꽁초를 던지거나
침을 뱉을 때에도
눈치를 보고 망설이고 그러겠지
동네 개들까지도 이곳을
조심하며 지나갈 거야

길을 쓸면서
세상의 마음까지 함께 쓴다.

소망

아들에게

세상과 버팅기려고 하지 말라
세상과 이웃이 되고 친구가 되라
될수록 세상과 함께 즐기고
나아가 세상과 함께 숨을 쉬라
세상을 슬퍼하거나 걱정하지 말고
세상을 가슴에 품고 사랑하라
봄에도 그렇게 하고
여름에도 그렇게 하고
가을과 겨울에도 그렇게 하라
부디 세상을 손가락질하거나
욕하거나 주먹질하려고 하지 말라
네가 먼저 세상을 이해해주고
세상과 친해지고 세상의 편이 되어주라
끝내 세상과 어깨동무가 되고
세상과 동행하라
그것이 네가 세상이 되는 길이고
세상이 네가 되는 길이다.

시 3

너 자신을 너의 감옥에서 탈출시켜라
사랑의 감옥 아름다움의 감옥
행복의 감옥에서 불러내라
색깔이나 소리의 감옥에서도 끌어내라
검정색은 암흑이고 백색은 광명이라는 따위의
오해와 속박에서도 해방시켜라
우선 너의 말에게 자유를 주라
그 말이 뛰는 말이면 초록빛 들판을 선물할 일이고
입에서 나오는 말이면
하늘빛 상상력을 먹이로 줄 일이다
다 같이 시가 될 것이다.

다시 중학생에게

사람이 길을 가다 보면
버스를 놓칠 때가 있단다

잘못 한 일도 없이
버스를 놓치듯
힘든 일 당할 때가 있단다

그럴 때마다 아이야
잊지 말아라

다음에도 버스는 오고
그다음에 오는 버스가 때로는
더 좋을 수도 있다는 것을!

어떠한 경우라도 아이야
너 자신을 사랑하고
이 세상에서 가장 귀한 것이
너 자신임을 잊지 말아라.

어린 낙타 2

날마다 네 마음속
어린 낙타 한 마리를 깨워
길을 떠나라
아직은 어린 낙타이니
그의 등에 올라타지는 말고
옆에 서서 함께 걸어라
낙타가 걸으면 걷고
낙타가 쉬면 쉬고
낙타가 바라보는 곳을
따라서 바라볼 일이다
때로는 낙타가 뜯어먹는
낙타 풀도 먹어야 하겠지만
부디 입술이나 잇몸에서
피가 나지 않도록 조심해라
네 마음속 어린 낙타 한 마리가
너의 스승이며 이웃이며
처음이자 마지막
길동무임을 잊지 말아라.

너와 함께라면 인생도 여행이다

인생이 무엇인가
한마디로 말하는 사람 없고
인생이 무엇인가
정말로 알고 인생을 사는 사람 없다

어쩌면 인생은 무정의용어 같은 것
무작정 살아보아야 하는 것
옛날 사람들도 그랬고 오늘도 그렇고
앞으로도 오래 그래야 할 것

사람들 인생이 고달프다 지쳤다
힘들다고 입을 모은다
가끔은 화가 나서
내다 버리고 싶다고까지 불평을 한다

그렇지만 말이다
비록 그러한 인생이라도
사랑하는 사람과 함께라면
조금쯤 살아볼 만한 것이 아닐까

인생은 고행이다! 그렇게
말하는 사람들 있다
우리 여기서 '고행'이란 말
'여행'이란 말로 한번 바꾸어보자

인생은 여행이다!

더구나 사랑하는 너와 함께라면
그것은 얼마나 가슴 벅찬 하루하루일 것이며
아기자기 즐겁고 아름다운 발길일 거냐

너도 부디 나와 함께
힘들고 지치고 고달픈 인생
여행이라고 생각해주면 좋겠구나
지구 여행 잘 마치고 지구를 떠나자꾸나.

발을 위한 기도

이 발을 지켜주소서

이 발이 더 좋은 곳에
가게 하시고
이 발이 더 아름다운 곳을
찾게 하소서

비록 이 발이
원치 않는 곳에 머물지라도
이 발의 주인을 지켜주시고
힘 드는 일 살피소서

진정으로 좋은 날 어여쁜 날
좋은 발 어여쁜 발로 다시
이곳에 이르게 하소서.

저녁의 기도

네 몸과 마음을 비우라
그러면 더 좋은 것으로 채워 주리라
그러나 오늘도 나는
몸과 마음을 비우지 못하고 살았습니다

네 값진 것이 있으면 아낌없이 남에게 주라
그러면 더 값진 것으로 채워 주리라
그러나 오늘도 나는
값진 것을 남에게 주지 못하고 살았습니다

천천히 생각하고 행동하라
그러면 모든 것이 순조롭고 아름다우리라
그러나 오늘도 나는
천천히 생각하고 행동하지 못했습니다.

날씨 좋다

너는 멀리 있고
오늘 날씨 좋다
좋아도 너무 좋다

까치발만 딛어도
세계의 끝까지
보일 것 같은 날

눈만 감아도
너의 숨소리
들릴 것 같은 날

잘 살아라
멀리서도 잘 살아라
오늘은
기념하고 싶은 날이다.

가을 안부

골목길이 점점 환해지고
넓게 보인다
도시의 건물과 건물 사이가
점점 성글어진다

바람 탓일까
햇빛 탓일까
아니면 사람 탓일까

그래도 섭섭해하지 말자
우리는 오래된 벗
너 거기서 잘 있거라
나도 여기 잘 있단다.

몇 달

잘 있는 거야?
응, 나도 잘 있어

당분간은
그냥 버틸 것 같아

그쪽도 부디
그러기 바래.

너무 늦게

날마다 날마다 신이 주신
첫 날처럼 맞이하고
하루하루 이 세상
마지막 날처럼 살다 가리라

만나는 사람마다
오직 한 사람으로 대하고
세상에서 가장 소중한 사람
아름다운 사람으로 맞이하리라

하나란 숫자가 세상에서
얼마나 크고 무거운 것인가를
나는 너무 늦게 알아갑니다.

머리 조아려

이 세상은 결코
천국이 아니고
사람들은 천사가 아니다

그래도 내가 간절히
천국을 원하고
천국을 살고 싶어 하면
이 세상이 잠시
천국으로 바뀌는 게 아닐까

또 내가 간절히
천사이기를 바라고 꿈꾸면
내가 잠시
천사가 되기도 하는 게 아닐까

이것이 오늘도 내가
너의 생각 가슴에 품고
멀리 여행을 떠나고 또
돌아오기도 하는 까닭이다.

기도 1

내가 외로운 사람이라면
나보다 더 외로운 사람을
생각하게 하여 주옵소서.

내가 추운 사람이라면
나보다 더 추운 사람을
생각하게 하여 주옵소서.

내가 가난한 사람이라면
나보다 더 가난한 사람을
생각하게 하여 주옵소서.

더욱이나 내가 비천한 사람이라면
나보다 더 비천한 사람을
생각하게 하여 주옵소서.

그리하여 때때로
스스로 묻고
스스로 대답하게 하여 주옵소서.

나는 지금 어디에 와 있는가?
나는 지금 어디로 향해 가고 있는가?
나는 지금 무엇을 보고 있는가?
나는 지금 무엇을 꿈꾸고 있는가?

유리창

이제
떠나갈 것은 떠나가게 하고
남을 것은 남게 하자

혼자서 맞이하는 저녁과
혼자서 바라보는 들판을
두려워하지 말자

아 그렇다
할 수만 있다면
나뭇잎 떨어진 빈 나뭇가지에
까마귀 한 마리라도 불러
가슴속에 기르자

이제
지나온 그림자를 지우지 못해 안달하지도 말고
다가올 날의 해짧음을 아쉬워하지도 말자.

오늘은 조용히 봄비가 내린다

지금껏 나는 다른 사람들한테
그것도 어린 사람들한테 이렇게 하지 말고
저렇게 하라는 말만 하면서 살았다
정작 나는 저렇게 하지 않고 자주
이렇게 하면서 살았다

무엇인가 세상한테 많은 것을 받기를
바라면서 기다리면서 살았다
그게 다 선생 티를 내는 것이었고
잘난 척 하는 짓이었다

그러나 이제부터는 아니다
세상한테 무엇인가 바라는 걸 포기하고
선생 티를 버리고 잘난 척도 하지 않겠다
사람들에게 저렇게 하지 말고 이렇게
하라는 말도 버리겠다

오늘은 소리 없이 봄비가 내리는 일요일
세상 한 귀퉁이에 조금만 더 앉아 있다가
때가 되면 조용히 지구를 떠날 생각을 해본다.

신록을 보며

세월은 낡아도
봄은 새롭고
우리는 멀리 있어도
가까이 있습니다
저것 좀 보아요
저 죽었던 듯 단단한
나무 껍질을 열고
신록을 매다는
나무들의 재주를 보아요
그래요 우리도
나무들을 닮아야 해요
세월은 낡아도
우리는 더욱 새로워져야만 해요.

다시 없는 부탁

부디 앓지 말고 더는
늙지 않기를 바래요

욕심이야 하루하루
버리며 사는 게 좋다지만
희망까지 버려서는
안 될 일이겠지요

이것이 다시 없는
부탁이에요.

엄마나무

나에게도 엄마가
있었으면 좋겠어요
엄마, 엄마, 부르면 으응, 왜?
대답하고 바라보아주는 젊은 여자 말이에요

엄마, 엄마, 엄마,
그냥 불러보고 싶어요
응, 응, 응, 그래, 그래,
그냥 대답 소리를 듣고 싶어요

안길 수도 있고 기댈 수도 있는
나무가 있었으면 좋겠어요
그냥 쓰러지고만 싶은 나무
말랑말랑한 나무
엄마라는 나무 말이에요.

다시 9월이

기다리라, 오래오래
될 수 있는 대로 많이
지루하지만 더욱

이제 치유의 계절이 찾아온다
상처받은 짐승들도
제 혀로 상처를 핥아
아픔을 잊게 되리라

가을 과일들은
봉지 안에서 살이 오르고
눈이 밝고 다리 굵은 아이들은
멀리까지 갔다가 서둘러 돌아오리라

구름 높이, 높이 떴다
하늘 한 가슴에 새하얀
궁전이 솟았다

이제 제각기 가야할 길로
가야 할 시간
기다리라, 더욱
오래오래 그리고 많이.

지구여행

울지 마라, 딸아
슬퍼하지 마라, 아들아
지구여행을 무사히 마치고
떠나감을 오히려 기뻐하라!
우리는 제각기 서로 다른
별나라에서 떠나온 사람들
늬들도 지구여행 잘 마치고
무사히 돌아가기를 바란다.

삶 2

언제든 누구와 만나서든
나는 손해보고 살지 않는다
언제 누구에게서든
배울 것 느낄 것은 많고 많기 때문.

믿어야 한다

새로, 새로 봄이 오면
들판에 풀들만 새로
새싹 돋는 게 아니고
사람 마음에도 새싹 돋는다

새싹 돋아 푸르고 꽃이 피고
어우러져 녹음되기도 한다
이것이 바로 희망
이것이 바로 사랑
그것을 믿어야 한다

오늘도 나는 먼 하늘
흐린 하늘을 보며
고운사람 눈썹이 곱고
입술이 붉은 한 사람을
그리워한다.

IV 흰구름 보며 빈다

받는 사람이기보다는
주는 사람이기를 바랍니다
찡그린 얼굴이기보다는
웃는 얼굴이기를 소망합니다
오래오래 내 앞에서 당신
웃고 있기를 기도합니다.

이루게
하여 주소서

나의 소망을 채우고
소리 내어 읽어보세요.
소망을 마음속에 심으면
안전하게 단단하게
자랄 거에요.

소망

이런 소망 이런 꿈이
나를 오래 살아서 숨 쉬게 한다.
_「이런 꿈」. P.87

소망 마음 속에 기르다, 향기에 대하여

향기작가 한서형

향기를 빚어내고, 그 찰나의 숨결을 글자 위에 수놓는 일은 매혹적이지만 고통스럽습니다. 향과 글이 마음속 깊은 곳을 두드려 긴 밤을 뒤척이게 하고, 새벽빛 속에서도 깨어있게 만들거든요. 특히 '소망'을 위한 향을 만드는 일은 더없이 힘겨웠습니다. 오랫동안 돌보지 못한 소망들이 시어 사이로 자꾸 떠올라서요. 미안했고, 아팠습니다.

십 년 전 화상 사고로, 한동안 세상과 거리를 두었습니다. 타인과의 만남이 줄수록 자연스레 소망을 말하거나 쓰는 일도 줄어들었습니다. 마음 한편에 접어둔 소망들은 이름 모를 꽃처럼 시들어 갔고, 때로는 그것이 소망인 줄 모른 채 스쳐 보내기도 했지요. 하지만 시를 읽으며 거울 속 내 모습을 마주하듯, 잊었던 나를 다시 보았습니다. 내가 그리워했던 것, 걷고 싶었던 길, 품었던 꿈, 그리워한 이들의 얼굴, 그리고 시간이라는 강을 건너온 모든 순간이 물결처럼 밀려왔습니다. 어떤 날은 가슴이 서늘하도록 아렸고, 어떤 날은 풍선처럼 부풀었고, 때로는 이루어진 줄도 모른 채 지나쳤던 소망이 떠올라 멀리 아른거리던 별이 가까이 내려앉아 반짝이는 듯 기뻤습니다.

처음에는 소망 향기가 별빛을 닮았으면 했습니다. 온 세상을 밝히는 햇살보다, 오롯이 나만을 비추는 밤의 빛, 그중에서도 작고 은밀한 별빛 말이에요. 별빛을 쫓으며 가장 먼저 떠오른 것은 상처 난 나무에서 반짝이는 황금빛 나뭇진이었습니다. 나무에 상처가 나면 스스로를 치유하기 위해 흘려보내는 귀한 물질인데, 달큼하면서도 신선한 솔향이 납니다. 그 향을 맡으면 몸과 마음에 생기가 차오르고 가벼워지거든요. 그러다 한 시구에 마음이 흔들렸습니다. "사람 마음에도 새싹 돋는다(「믿어야 한다」)." 별빛은 멀지만, 새싹은 가깝고, 새싹은 땅 위에 돋아난 작은 별 같기도 했으니까요. 그야말로 땅에 뜨는 별. 그 길로 방향을 틀어 새싹의 생기를 담은 향을 만들던 중, 디자이너 혜란이 보내준 시안을 보다가 깨달았습니다. 소망은 씨앗이라는 것을, 마음속에 심고 정성껏 보살펴야 비로소 싹을 틔우는 씨앗. 향기를 다시 만들어야 했지만, 오히려 기뻤습니다. 씨앗에서 새싹이 움트는 과정을 표현해 준 혜란에게 이 글을 빌려 감사의 마음을 전합니다.

"소망은 하늘색이에요. 하늘에 바라고 비니까요."라는 나태주 시인의 말씀에 기대어 다시 향을 그렸습니다. 향기 모양을 떠올리려고 하늘색 물감을 잔뜩 짜놓고, 동그랗고 파란 씨앗을 그리기 시작했어요. 그런데 신기하게도 그 씨앗에서 아기 구름 모양의 파란 새싹이 돋아나더군요. 귀여운 구름 싹이 돋아나는 씨앗에게 어울리는 향을 만들어 주기로 했습니다.

봄이 가까워지면 땅은 폭신해지고 빛은 마치 묘기를 부리듯 반짝입니다. 남서쪽에서 불어오는 따스한 봄바람에 아지랑이가 춤추는 어느 날, 파릇한 싹이 처음 돋아나는 그 순간의 설렘을 담고 싶었습니다. 맑은 날에는 뭐든 잘 해낼 수 있을 것 같은 용기가 샘솟으니까요.

소망 향기는 주인공이 여럿입니다. 무수히 많은 소망이 우리를 삶으로 나아가게 하듯 여러 향료가 어우러졌습니다. 마음속 깊이 간직해 둔 소망을 일깨우는 맑고 시원한 페퍼민트와 바람이 느껴지는 사이프러스, 몸과 마음을 정화해서 더 또렷하게 생각하게 해주는 주니퍼 베리를 중심에 두었습니다. 알싸하면서도 달큼한 딜 씨드가 소망의 기운을 감싸 안고, 창조성을 북돋는 로즈메리와 흙 내음을 머금은 파촐리는 소망이 싹틔울 수 있도록 힘을 더해줍니다. 여기에 별빛을 닮은 황금빛 나뭇진과 마음을 긍정으로 채우는 시트러스가 어우러져 모든 소망을 응원합니다.

나태주 시인의 시에서 소망은 나와 너를 위한 기도이고 응원이고 다정한 당부였습니다. 그리고 나의 소망이자 당신께 바라는 당부는 소망을 마음속에 심으라는 것입니다. 잊고 지내도 좋습니다. 다만 소망이 이루어졌을 때 그 기쁨을 온전히 충만하게 느낄 수 있도록 이 책에 적어두세요. 그리고 소망을 여러 번 읽으며 향을 흠뻑 음미하세요. 그러면 언젠가 이 향기만 맡아도 그 소망이 떠오를 거예요. 이 책을 오래오래 곁에 두고 시와 향을 읽고 맡으면서 영차영차 힘이 나고, 새싹처럼 구름처럼 피어나기를 바랍니다.

◆ 시인 / 나태주

1945년 충남 서천에서 태어났다. 공주사범학교를 졸업한 뒤 43년간 초등학교 교사로 재직, 2007년 공주 장기초등학교 교장으로 퇴임했다. 1971년 서울신문 신춘문예에 시가 당선되어 작품활동을 시작했다. 첫 시집 『대숲 아래서』를 출간한 후 『좋은 날 하자』까지 50여 권의 시집을 펴냈고, 산문집·향기시집·그림 시집·동화집 등 200권이 넘는 저서를 출간했다. 아이들에 대한 마음을 담은 시 「풀꽃」을 발표한 뒤 '풀꽃 시인'이라는 애칭과 함께 국민적인 사랑을 받고 있다. 소월시문학상, 흙의 문학상, 정지용문학상 등을 수상했다. 2014년부터는 공주에서 '나태주 풀꽃문학관'을 설립·운영하며 풀꽃문학상을 제정·시상하고 있다.

◆ 향기작가 / 한서형

식물의 향기를 예술로 표현하는 국내 1호 향기작가. 대표작으로는 '달항아리', '이타미 준 시그니처 향', '백제금동대향로 향 287', 2022년 출간한 국내 최초 향기시집 『너의 초록으로, 다시』, 『잠시향』, 『사랑 아무래도 내가 너를』을 출간했다. 유동룡 미술관, 노스텔지어 한옥, 삼성카드, 자코모, 부여군 등 기업과 브랜드를 위한 시그니처 향을 개발했고, 국립부여박물관, 정읍 시립미술관, 2022 광주 디자인비엔날레, JAD 페스타 등을 통해 향기 전시를 선보였다. 눈에 보이지 않는 향을 다루는 일을 지극히 시적이고 영적이라 여겨 매일 명상하고 '행복할 때만 향을 만든다'라는 원칙을 고수한다. 작가가 만든 향기의 영혼이 결국은 향기 작품을 통해 사람들에게 고스란히 전해질 수 있다는 믿음 때문이다.

Web. www.hanseohyoung.com
Insta. @aromaartist

소망 마음속에 기르다

초판 1쇄 발행일 2025년 3월 7일

지은이 / 나태주, 한서형
펴낸이 / 유명훈

기획·편집 / 한서형
디자인 / 정혜란
인쇄·제책 / (주)상지사피앤비

펴낸 곳 / 존경과 행복
등록 / 2022년 12월 9일 제 2022-000009호

주소 / 경기도 가평군 상면 축령로45번길 62-240 존경과 행복의 집
전화 / 031-585-5159
웹사이트 / www.respectandhappiness.com
인스타그램 / @respectandhappiness.books

ISBN 979-11-984330-7-7 03810

MIX
Paper | Supporting responsible forestry
FSC® C187932